O PODER DO
Conselho

EU **NÃO** ENSINO MULHERES A CONQUISTAR HOMENS:
EU ENSINO MULHERES A SE **RECONQUISTAREM**

Copyright© 2022 by Literare Books International
Todos os direitos desta edição são reservados à Literare Books International.

Presidente:
Mauricio Sita

Vice-presidente:
Alessandra Ksenhuck

Diretora executiva:
Julyana Rosa

Diretora de projetos:
Gleide Santos

Capa, diagramação, projeto gráfico e preparação:
Brian Lucas J. Rasquinho

Editoração:
Marcos Bulhões

Relacionamento com o cliente:
Claudia Pires

Impressão:
Gráfica Paym

Revisão:
Ivani Rezende

Dados Internacionais de Catalogação na Publicação (CIP)
(eDOC BRASIL, Belo Horizonte/MG)

O18p   O Conselheiro.
         O poder do conselho: eu não ensino mulheres a conquistar homens: eu ensino mulheres a se reconquistarem / O Conselheiro. – São Paulo, SP: Literare Books International, 2022.
         14 x 21 cm

         ISBN 978-65-5922-505-7

         1. Literatura de não-ficção. 2. Mulheres – Aspectos psicológicos. 3. Mulheres – Autoestima. 4. Técnicas de autoajuda. I. Título.
                                                                    CDD 158.1

Elaborado por Maurício Amormino Júnior – CRB6/2422

O CONSELHEIRO
@oconselheirooficiall
@oconselheirooficiall
@oconselheirooficiall

Nenhuma parte deste livro pode ser reproduzida, arquivada ou transmitida por qualquer meio - eletrônico, mecânico, fotocópias, etc - sem a devida permissão do autor, podendo ser usada apenas para citações breves.

Literare Books International.
Rua Antônio Augusto Covello, 472 – Vila Mariana – São Paulo, SP.
CEP 01550-060
Fone: +55 (0**11) 2659-0968
site: www.literarebooks.com.br
e-mail: literare@literarebooks.com.br

AGRADECIMENTOS

Agradeço a meus pais, pela educação em toda minha vida e pelo apoio para que este sonho se realizasse. Aos meus filhos, por torcerem por mim e admirar meu trabalho.

Aos meus irmãos, por conhecerem meu coração e me apoiarem em momentos difíceis. Quero agradecer também a minha amiga Erica Machado, por me ensinar a falar com Deus, e a Vanessa Marques, por ter sido instrumento dEle e me ajudado a criar o Conselheiro. Sou grato a vocês.

Agradeço a todas as MMs (Meninas-Mulheres) do Brasil inteiro pelo carinho, acolhimento e confiança no meu trabalho, muito obrigado por permitirem que eu adentrasse em seus corações. Vocês são mulheres incríveis!

Quero agradecer e dedicar este livro a dois grandes amigos que se foram, mas que acredito que, de alguma forma, estão torcendo por mim. André e Almir, vocês foram mais que meus amigos, irmãos que Deus me deu, foram incríveis na minha vida e fazem muita falta.

Dedico este livro a todas as mulheres que já passaram por uma situação em que achavam não ter saída e, depois, descobriram que a saída estava nas suas novas atitudes, no seu autovalor.

Agradeço a todos aqueles que, de algum modo, participaram desta obra, que me apoiaram e me incentivaram.

E, por fim, quero agradecer ao maior responsável para que isso acontecesse, Deus.

Obrigado por me dar de presente o Conselheiro, obrigado por me guiar e por colocar pessoas que fazem a diferença na minha vida, neste meu caminho.

Obrigado por me usar para fazer a diferença na vida de tantas mulheres. Continue me usando para que eu atinja muito mais.

Obrigado Senhor,
Eu confio em ti!

Aproveite a leitura, tem muito amor envolvido. Abra seu coração e receba meus melhores conselhos.

PREFÁCIO

Imersivo, Metódico, Emocionante e Poderoso.

O poder do Conselho foi um convite para uma jornada emocionante e transformadora. Durante algumas páginas, eu estava com Mari, e com ela aprendi muito.

Você está prestes a ler páginas da própria vida, e ter oportunidades de transformar e escalar áreas decisivas nela.

Ter a honra de prefaciar esta obra é um presente por um homem de máscara, com o coração gigante e dedicado à própria missão.

Seja bem-vinda ao primeiro passo da sua nova versão.

Marcos Bulhões
@marcosbulhoes

DEPOIMENTOS

*"Meu anjo na Terra.
No meu momento de desespero, foi luz.
Me fez enxergar quem eu era."*

@alexandra.chagas_21

*"Através dos seus ensinamentos e conselhos,
pude me tornar uma nova mulher."*

@alineandrade1982

*"Você foi luz quando me achei sozinha,
você apareceu e fez dias melhores
com cada ensinamento."*

@anap.35

*"Você é um presente de Deus na minha vida,
virada de chave para que eu enxergasse
o melhor de mim. Me amo e me valorizo muito
mais depois de te conhecer. Amo sua vida!"*

@cristaborda16

"Você que me mostrou que sou uma linda mulher, e tenho meu amor-próprio em primeiro lugar."
@du_caemilio

"Me ajudou bastante depois da morte do meu esposo. Que devo continuar a viver. Obrigada!"
@simone_silva_de_souza

"Eu vejo você como um grande amigo, é muito especial para mim."
@sandrade.paula.7583

"Me ajudou no momento que eu estava mais para baixo, desiludida, no fundo do poço. Te amo!"
@lea.daniel28

"Seus conselhos foram e estão sendo muito importantes no meu processo de separação."
@gisleneteodoro

"Você significa tudo na minha vida, me ensinou ter amor-próprio."
@lucinhavl

"Agradeço a Deus, por ter tido a oportunidade de conhecer seu trabalho. Seus conselhos e sua mentoria transformaram a minha vida. Hoje sou uma nova mulher, me amo, me valorizo, me cuido e me coloco em primeiro lugar."

@catia_sanper

"Conselheiro, gratidão por ser luz em nossas vidas, mostrando sempre o caminho da felicidade."

@flahdalessio

"Você me ensinou que nunca devemos deixar alguém pilotar nosso aviãozinho."

@giovana1ferreira

"Tu é uma pessoa iluminada e abençoada. O dia que tu colocou a máscara foi a melhor escolha que fez na sua vida e aceitou ser o escolhido para ajudar muitas pessoas. Você me ajudou muito e me ajuda até hoje."

@suzelimathias

"Eu já tinha desistido de mim quando te conheci, e com seu jeito carinhoso, sincero e firme de falar conosco, eu fui 'resgatada'. Aprendi a gostar de mim. Não há palavras para descrever minha gratidão. Deus te abençoe cada dia mais."

@silmarabarbato

"Você foi o caminho curto que me levou ao encontro do meu amor-próprio. Encontrei em você o apoio nos meus momentos mais difíceis e, com isso, pude enxergar a vida sob outra ótica para me sentir uma mulher incrível."

@samantamamede

"Meu querido Conselheiro, através dos seus ensinamentos me tornei uma mulher mais confiante. Gratidão!"

@alealvesleite

"O Conselheiro me mostrou a vida de um ângulo diferente, com novas perspectivas e um novo olhar em relação a mim e aos outros. Que nada é errado, basta fazer as coisas com o coração e ser quem você é."

@ju10mur

"Quando eu te vi pela primeira vez, vi um homem gentil que falava carinhosamente com mulheres feridas, isso me encantou. A partir disso, fiz um amigo, que, apesar da distância, trago sempre no coração."

@paulabatistadossantos

INÍCIO

É madrugada de sexta-feira. Mariane não consegue pegar no sono. As crianças dormem no quarto ao lado enquanto ela acorda de hora em hora. A sua insônia tem nome, e sobrenome! Edgar Marech, o mesmo nome que Mariane leva em sua aliança de ouro, e embora o material seja precioso, há arranhões, gravuras, marcas, cicatrizes, no ouro, na memória, no olhar.

Mais uma vez Edgar mentiu, saiu escondido, contou que foi convocado para uma hora extra, de última hora, mas a verdade? É que a hora marcada foi num motel com uma de suas amantes! Edgar é um homem de seus quarenta e sete anos, empresário, ocupado. No começo, ele era gentil, romântico, e fez de tudo para conquistar Mariane, mas com o tempo…

O tempo é a forja dos verdadeiros amores!

É quem testa a qualidade, a resistência, o valor, e, principalmente, a duração de um sentimento. E, infelizmente, no teste do tempo, o amor de Edgar foi reprovado! Tudo começou quando Mariane encontrou a nota de uma *lingerie* de grife. Não havia espaço para dúvida: ele nunca deu uma peça tão cara para a esposa.

Naquele dia, Mariane pensou em tudo.

O primeiro pensamento era desmascará-lo, expor tudo, jogar nas redes, mandar nos grupos de família e, de uma vez por todas, se vingar, destruindo por completo a Moral do seu esposo infiel.

Mas, então, pensou nos filhos: o maior já tinha nove, o mais novo, apenas seis; e em como seria pesado para eles aceitarem tudo aquilo.

Mariane cresceu em um lar de pais separados e não queria que essa dor fosse passada para mais uma geração dos Monteiro - sobrenome que herdou de sua mãe junto aos traumas de um divórcio tardio e cenas abusivas que a acompanharam na infância e trouxeram a ela graves consequências na fase adulta.

Desistiu de se dar o direito do surto.

O segundo pensamento foi ainda mais severo, tendo em vista que o primeiro foi suprimido: olhou do alto do quadragésimo terceiro andar, do apartamento duplex onde moravam, e contou na mente os segundos que levaria até se chocar com o solo, e de uma vez por todas pôr um final à dor! Mas Mariane, mais uma vez, pensou na dor do outro, na dor dos filhos e em como seria para eles carregarem o peso de uma mãe que desistiu da vida – e automaticamente deles.

Desistiu de se dar o direito do salto.

Quando as duas etapas passionais foram vencidas, olhou fixamente para a garrafa de vinho que havia ganhado em seu aniversário de casamento, uma época em que não havia filhos, janelas de apartamentos ou *lingeries* de grifes, eram somente ela e o seu grande amor, o Ed! Que fez questão de fazer uma surpresa, e a levou para a cobertura do maior edifício da cidade, e fez amor até que a noite se transformou em dia.

E, naquele dia, ela decidiu nunca abrir o vinho, "afinal", pensou Mariane, "o vinho melhora com o tempo" – e assim seria seu casamento.

Mas não foi.

E, naquela noite, ela bebeu como nunca, e sofreu como jamais! Enquanto as lágrimas escorriam em seu rosto e molhavam seu moletom, os olhos, fixos na janela, pareciam criar outra janela: a janela do tempo.

E vagando pelo passado, ela tentou encontrar o erro, o momento decisivo, em que o "nós" se desfez, o segundo em que tudo foi posto em xeque e o "para sempre" se tornou mais um casamento normal...

Naquela noite, quando Edgar chegou, ela estava no sofá, havia apagado, quem sabe na tentativa de resetar o sistema, algo que funciona muito bem com máquinas, mas nos humanos...

Não, nos humanos não há *reset*, as memórias recusam o esquecimento, e foi o que ela descobriu quando acordou.

Abriu os olhos e viu o marido ali, ao seu lado, depois de passar a noite ao lado de outra mulher. Embora o seu desejo fosse empurrá-lo, ela não tinha forças e, pela primeira vez, Mariane cedeu ao apego.

Mas naquele dia algo se quebrou, e não, não foi o encanto (esse se quebraria depois): naquele dia, ela sentiu pela primeira vez a quebra da sua identidade. Era como se algo tivesse sido roubado dela.

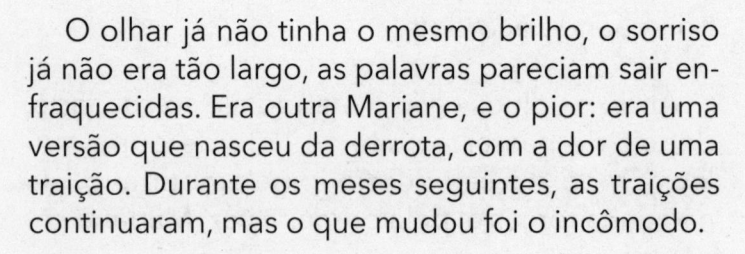

O olhar já não tinha o mesmo brilho, o sorriso já não era tão largo, as palavras pareciam sair enfraquecidas. Era outra Mariane, e o pior: era uma versão que nasceu da derrota, com a dor de uma traição. Durante os meses seguintes, as traições continuaram, mas o que mudou foi o incômodo.

De uma maneira inexplicável, ela passou a se adaptar à dor, foi se acostumando com a situação e criou uma zona de conforto no desconforto da relação trincada. Passou a tomar mais vinho, começou a fumar escondida, faltou aos treinos.

Até que, nessa madrugada de sexta-feira, ela recebe uma foto no celular de um número desconhecido.

> 1. Eu não era a única: ele estava me traindo com outra mulher.
>
> 2. Eu nem era a primeira, afinal, na conversa arquivada estava lá você.

> Estou escrevendo para me desculpar, pois nenhuma mulher merece passar por isso e, em segundo lugar, para dizer que estou me retirando da vida dele.

O CONSELHEIRO | O PODER DO CONSELHO

Mariane abriu a foto e, pela primeira vez, viu a cena que até então estava lutando para não imaginar:

Edgar e uma estranha...

Nesse momento, o encanto se foi. Poucas pessoas sabem o peso e a carga que um trauma desse nível gera nas estruturas emocionais e físicas de alguém e, ali, naquela sexta-feira, pela segunda vez, Mariane experimentou a morte.

No desespero, abriu seu WhatsApp, mas não havia ninguém em quem confiasse para se abrir. Digitou o número da mãe, mas ela já estava dormindo. Era madrugada e Mariane, mesmo aos prantos, decidiu preservar sua raiz. Em seguida, tomou a decisão que mudaria para sempre sua vida.

Ela sentia que o que mais precisava naquele momento era alguém que lhe falasse algo, que lhe desse um conselho do que fazer. Então, digitou no seu perfil do Instagram "conselho".

O perfil sugerido que apareceu foi:

O CONSELHEIRO!

Há quem acredite em destino, acaso, sincronicidade, mas, para Mariane, foi Deus que a fez clicar ali, pois, de madrugada, havia uma *live* de conselhos, e ela jamais seria a mesma mulher depois daquele clique.

Na tela do celular, surgiu um homem com uma máscara que falava em um tom de voz grave e, ao mesmo tempo, carinhoso – e que, de alguma forma, trazia calma.

O CONSELHEIRO

"Boa-noite, Meninas-Mulheres!!!

Colocando a mão em seu coração, ele disse: "Que você tenha sempre a menina na sua essência"; e apontando o dedo indicador para sua cabeça, disse: "mas que tenha sempre a maturidade e atitudes de uma mulher".

Grandes mulheres são feitas de muitas mulheres.

De todas suas versões passadas, da menina que tinha um coração puro à mulher que conseguiu alcançar a coroa da maturidade! Mulheres de Alto Valor são nobres, carregam uma coroa simbólica de maturidade em suas mentes – e nessa coroa existem cinco joias de valor em suas testas.

De maneira instintiva, Mariane levou a mão à cabeça e sentiu que sua coroa já não estava ali, e antes que pudesse se lembrar de onde ela caiu, escutou da tela do celular a voz do Conselheiro perguntar:

" Mas e você que está assistindo, onde a sua coroa caiu?

Era como se as perguntas fossem diretas para ela, e ela respondeu em voz alta, sozinha na cama: "No dia em que ele me disse que eu não precisava trabalhar e era a minha obrigação cuidar da casa".

Em seguida, Mariane se lembrou de outras vezes em que aceitou algo além das fronteiras do seu Valor, e percebeu que a coroa não caiu de uma vez: ela foi se perdendo aos poucos, pedra por pedra, valor por valor.

A pergunta do Conselheiro havia sido poderosa, capaz de a fazer reagir.

Então, sentou-se, endireitou a postura e passou a prestar mais atenção no que aquele homem, com a voz calma e uma máscara do Fantasma da Ópera, falava às duas horas da manhã.

> MM's, hoje eu quero dar o conselho para quem perdeu a sua coroa e suas joias!

Hoje, eu vou começar a falar sobre as cinco joias da coroa de uma Menina-Mulher.

Os "5 AUTOS" são as joias que uma Mulher Madura leva em sua coroa de Rainha, e ao que essas joias correspondem. Todos nós somos divididos por "autos".

Quando eu digo "auto", estou falando do "eu", estou falando sobre aquilo que habita em mim que, em algum nível, inclusive, me rege de maneira intencional ou involuntária.

Existem elementos que regem a sua personalidade, e são esses elementos que vão construir dentro de você a "Coroa".

AUTOESTIMA

Autoestima, inclusive, é um fator determinante para as mulheres. Uma mulher sem autoestima é uma mulher inofensiva. Uma mulher sem autoestima é uma mulher vulnerável, é uma mulher que não causa impacto, uma mulher que não revoluciona. E a autoestima não está ligada a características, à estética.

Autoestima é visão:

É como a mulher se enxerga.

Isso é muito curioso, porque, na antiguidade, a única maneira das mulheres se verem era na água (reflexo). E sempre que uma mulher se via na água, ela se admirava. Autoestima é o olhar que você tem sobre si. Não responda nos comentários, responda só para você: hoje, ao olhar no espelho, e ver a mulher que se tornou, o que você sente?

→ *Você sente orgulho?*

"Nossa, que mulher incrível, que mulher linda, que mulher forte, que mulher resistente. Você merece o mundo."

→ *Você sente decepção?*

"Por que você se deixou chegar aqui? Você não merecia estar aqui. Esse lugar não é para você. Você merece mais do que isso."

→ *Você sente desânimo?*

"Que mulher feia, ninguém vai te amar desse jeito, ninguém vai te aceitar desse jeito."

Essa frase que você fala para si mesma se chama autoestima.

Quando a sua estima é a de que você não vai conseguir, você estima que não vai conseguir, e não consegue. Em algum nível, estimar é prever. E olha que interessante.

Prever não é esperar.
Esperar é incondicional.

A grande questão é que quando você estima, quando você prevê, você está antecipando alguma coisa. Quando você tem a autoestima baixa na sua visão, você estima baixo. E estimar baixo é esperar pouco.

Aí, para sua surpresa e sorte, a vida te dá um chacoalhão. Então, você descobre um chifre monstro e "brabo": "Ai, meu Deus, não acredito que ele me traiu com aquela baranga". E aí, quando você vai ver a foto da amante, nossa, a amante era muito feia – mais feia que você, inclusive.

Acontece alguma tragédia e, quando acontece a tragédia, você olha no espelho e fala: "Quer saber de uma coisa? Eu vou acabar com você".

Isso é psicanálise.

Nosso processo de mudança é movido pela fúria, e não pela raiva: quando você tem raiva de si mesma, você não quer contato - nem consigo mesma. Muitas mulheres não se olham mais no espelho porque têm raiva de si. Então, seu cabelo cresce, suas unhas entortam, seus dentes ficam escuros, e você não lembra sequer a visão daquela mulher incrível que você foi um dia...

A essa altura, um filme havia passado na cabeça de Mariane.

Ela sabia o peso de cada uma das frases do CONSELHEIRO, havia perdido a joia da Autoestima, adquiriu vícios, não se olhava mais no espelho, e, em algum ponto, havia desistido e aceitado seu estado, havia se entregado, estava cansada.

Porém, a cada minuto, uma fagulha reacendia dentro de si, uma esperança provocada por cada uma daquelas palavras que ela precisava ouvir estava reacendendo algo que até ela pensou ter morrido:

O Seu Valor!

Então, levantou-se da cama, foi até a sala, pegou um caderno e passou a anotar os conselhos que poderiam mudar para sempre sua situação.

Quando sente fúria, você olha para aquela mulher e diz: "Você será destruída. E a primeira coisa que vou destruir é esse cabelo".

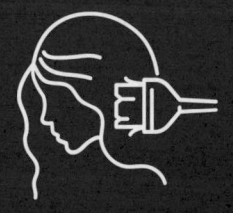

Então, você pinta o cabelo.

"Segunda coisa que eu vou destruir em você são essas unhas." Unha vermelha, unha preta, novas garras, MM's. "Outra coisa que eu vou destruir em você é essa pele mole de uma mulher fraca."

Vá lá e faz uma tatuagem de uma Leoa, uma gaiola aberta, uma borboleta. E quando você olha de novo, você é outra mulher: uma nova mulher.

A nova mulher é a sua versão forte que conseguiu destruir a sua versão frágil, fraca e antiga. Quando você olha para uma mulher diferente, você sabe que alguma coisa mudou. Não é só o cabelo dela que está diferente. Não é só a tatuagem. Não são só as unhas. Ela tem uma coisa chamada "brilho". Ela anda de outra forma.

Autoconfiante. Ela olha para cima. Ela se mantém em cima de um salto.

E é por isso que nesses momentos o ex olha e fala: "PQP... como eu perdi aquela mulher". E sabe por que ele se sente culpado? Porque ele não perdeu aquela mulher: aquela mulher ele nunca teve, essa é uma versão novinha, saiu da sua garagem emocional há semanas.

Aquela ali chama a atenção dele porque ela não é a mulher dele, entendeu? É outra!

E a outra é irresistível.

Aí ele olha e fala: "Eu quero de novo!". Mas ele não pode querer de novo, porque ele nunca teve acesso. Aí quando ele chega para dar em cima de você, você fala:

"Não, muito obrigada. Essa minha versão não é compatível com você. Não dá *match*, sabe? A mulher que eu me tornei, você não se encaixa no padrão dela. Você não é mais o meu tipo". Isso é ser anti-ex, inclusive. É quando você se torna uma outra pessoa imune à pessoa antiga.

Uma lágrima escorreu pelo rosto de Mariane.

Ela olhou na sala o quadro com Edgar e prometeu a si mesma que seria essa mulher, e que resgataria sua joia da AUTOESTIMA.

Seu cérebro, a sua mente e a sua consciência são aparelhos superavançados, só que o seu inconsciente é muito mais sofisticado. Então, inconscientemente, você tem acessos, níveis de entendimentos, comunicações que você, conscientemente, não percebe. Inclusive, as mensagens subliminares são fundamentais para que você seja programado para fazer alguma coisa.

Experimente se dar um "dia de princesa".

Não tinha aquele dia da princesa, que a limusine ia buscar a menina? Seja a Mulher que leva a Menina para se reconstruir. Você não precisa nem da limusine. Experimente um dia, de manhã, tomar um café em um lugar diferente. E de lá vá fazer o cabelo; se for possível, vá num spa. No spa, vão cuidar do seu cabelo, da sua pele, das suas unhas. Você vai tomar um banho de ofurô.

E você deve estar pensando assim:

"Nah, Conselheiro, isso aí é coisa de mulher 'fresca'."
(Foi o que Mariane pensou)

"Sabe por que é coisa das mulheres ricas?" Não é só pela grana, não. É porque a mulher rica entendeu que, para ela continuar daquele jeito e naquele nível, ela precisa da joia da Autoestima. E, por isso, as mulheres ricas têm uma autoestima muito grande.

Por isso as mulheres ricas usam bolsas caras. Não é pela grana: é pela autoestima. A autoestima de uma mulher com uma bolsa de grife é diferente da autoestima de uma mulher com uma bolsa rasgada, com uma autoestima em pedaços.

O senso de merecimento, de pertencimento, elevação, posiciona essa mulher em uma nova prateleira. Para ela, tudo é possível e ela merece apenas o melhor, entende?

Algumas mulheres caem num erro fatal de autoestima:

Quando não é AUTOESTIMA é OUTROESTIMA.

"Como assim, Conselheiro?"

Perguntou-se Mariane, "outroestima?".

A mulher vai ao cabeleireiro, ao esteticista, malha o dia inteiro, pinta de artista, mas quando volta para casa, ela olha para o marido e fala: "Você não reparou nada?". E o marido, com a melhor das intenções do mundo, olha para ela e diz: "Não".

Quando isso acontece, você vê aquela flor murchar. Porque, na cabeça dela, foi em vão tudo o que ela fez. E sabe por que ela acha que foi tudo em vão? Porque não foi autoestima, foi "outroestima". Ela esperava que o outro reconhecesse, ela estimava que o outro reparasse nela. Então, tudo foi em vão porque ela não fez para ela. Ela fez para ser aceita.

Entendam mulheres, que no lugar de deusas, toda deusa precisa de um momento de contemplação, e você precisa fazer isso para se autocontemplar. Para se olhar no espelho e se sentir assim:

"Eu sou assim".

Quando você consegue entender isso como Autoestima e passa a fazer por você, não importa se a outra pessoa reparou. Porque você sabe, e quando você sabe, se torna nítido. E é impossível não reparar.

**Durante aqueles minutos,
Mariane ficou calada,
observando e absorvendo.**

Lembrando-se de quantas vezes usou um vestido caro que não lhe coube bem, nem a deixou confortável, apenas porque as mulheres dos amigos de Edgar usavam roupas assim.

Percebendo que a desconstrução de uma mulher passa diretamente por ela e por sua escolha de ceder, recuar, consentir.

Nenhum homem é capaz de destruir uma mulher.

Apenas ela tem esse poder – e algumas, sem perceber, se autodestroem, se automutilam, para caber em relações menores, para serem aceitas em lugares que não a merecem, para agradar pessoas que não se importam.

Após os códigos anotados, Mariane buscou um copo de água para continuar a sessão ao vivo que seria a sua metamorfose pessoal.

E se você reparou que até aqui já começou a ser outra mulher, então aperte o cinto, coloque um sorriso no rosto, pois desbloqueou o seu primeiro nível.

Agora vamos diretamente para o SEGUNDO NÍVEL, o SEGUNDO AUTO!

Autovalorização!

AUTOVALOR

> *"Autovalor é o valor que você tem por si própria."*

Atualmente, "AUTOVALOR" para muita gente se tornou uma palavra sem impacto. E por que as pessoas não sentem impacto na palavra "VALOR"? Porque elas só conhecem a palavra "PREÇO".

Percebeu? Preço e Valor não são a mesma coisa.

E eu vou te dar um exemplo para ancorar esse código para que você jamais se esqueça disso e do seu AUTOVALOR!

Você chega a um restaurante e pergunta:

— Boa-noite, qual o preço desse vinho aqui?

— Ah, esse é um Pérgola, custa R$ 35 a garrafa.

— Obrigada, mas eu quero um vinho seco, mais sofisticado, ali.

— Perfeito, esta garrafa custa R$ 700.

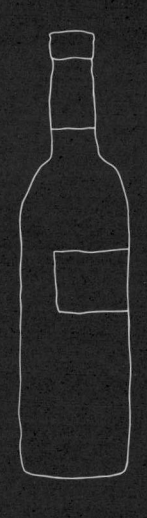

> *Não se paga pelo valor,*
> *se paga pelo preço.*

Mas o que é o valor? O valor é LITERALMENTE o que aquilo vale, e não o que se paga por aquilo. E como eu consigo mensurar valor? Agora, vou ensinar duas maneiras de mensurar VALOR:

Valor é uma Bolsa de Investimento.

O seu Primeiro VALOR é o seu CAPITAL. "O que é o capital, Conselheiro?" É o valor que você tem acesso sobre você: quanto vale um jantar contigo, quanto vale a sua paz, quanto vale a sua saudade, quanto vale uma segunda chance com você. Agora, anote no seu caderno: quanto vale o seu "capital?".

Nesse momento, Mariane sentiu um aperto – sentiu-se sem valor!

E como se o Conselheiro mais uma vez pudesse ler seu pensamento, no mesmo instante, ele prosseguiu na *live*:

"E eu sei que, agora, você se sentiu sem VALOR, mas antes que você acredite nessa falsa crença e dê ouvido a esse pensamento intrusivo, me escute com atenção: você não é uma mulher sem VALOR, está sendo uma mulher DESVALORIZADA".

E isso explica o seu Segundo Valor!

SEU VALOR DE MERCADO.
Para falar de autovalor.

E, agora, você vai entender de uma forma que talvez até incomode: seu valor de mercado é o quanto você vale para os outros.

> *"Conselheiro, como é que eu descubro esse valor?"*

Cedo ou tarde. Exemplo: vamos supor que o seu autovalor não é tão alto assim, e o fato de ele não ser tão alto faz com que você, ao ficar em casa sozinha por uma noite, fique desesperada:

"Ai, Conselheiro, estou abandonada, estou sozinha, não tenho ninguém. Não tenho nenhum homem, não tenho nenhuma amiga, não tenho nenhuma pessoa que venha me ajudar, que me leve para sair. Meu Deus!".

Então, seu autovalor está um pouco baixo, pois o seu capital é baixo. Aí entra em ação o Valor de Mercado! Você recebe uma mensagem sexta--feira, à 1h30 da madrugada, de uma pessoa que quer ir ao motel com você àquela hora e que não vai chamar para jantar, nem vai lhe mandar mensagem no dia seguinte.

O que você faz? Você aceita.

Mas quando você aceita, sabe o que está falando para o mercado? "Meu valor é esse."

O seu autovalor é o que você entende - e perceba:

Eu não estou falando do que você "acha", eu estou falando que o seu CAPITAL é, primeiro, o que você *entende* que MERECE (e o seu VALOR DE MERCADO é o que você ACEITA que MERECE).

Muitas mulheres, por se sentirem sozinhas e não acessarem o autovalor, embarcam em uma jornada de escassez. E, na escassez, as pessoas aceitam muito menos do que merecem porque acham que têm muito menos do que precisam.

Outras desenvolvem uma escassez ao lado de alguém, e não há maior solidão do que a solidão de estar ao lado de alguém e, ainda assim, se sentir sozinho!

Nesse momento, mais uma lágrima veio aos olhos de Mariane.

Ela sabia o peso daquela frase. Ela entendia como ninguém esse sentimento de escassez. Não foram uma, nem duas vezes que ela se sentiu um adereço, um enfeite ao lado de Edgar.

Era se como, com o tempo, ela tivesse se tornado apenas a mulher que cuida dos filhos, deixado de ser a mulher que merecia e precisava de carinho, atenção, amor e cuidado.

Mariane percebeu que, embora as verdades cortassem, era como se também levassem dela a capa de mulher frágil e, aos poucos, trouxessem à tona a mulher forte que habitava dentro dela – e que ela nunca deixou de ser.

"Eu percebi uma coisa, não fique muito chateada com o que eu vou falar, ok? Chega uma hora que parece que as pessoas não se apaixonam mais: elas se adaptam. É muito difícil escutar:"

"Eu encontrei alguém."

As pessoas sempre "arrumam alguém". "Eu arrumei alguém." Quando se fala "arrumei a pessoa", significa que a sua vida emocional estava desarrumada, e você arranjou um jeito de mascarar a sensação de estar só.

Por isso, Pessoas de Valor dificilmente "arrumam" alguém. Por que as pessoas de Valor são mais caras? Uma vez eu tinha lido... acho que era uma frase, ou era uma mensagem... algo assim, que "mulher boa é mulher cara".

E eu acho que isso tem muito sentido. O caro não está apenas no financeiro: o caro está no valor que ela tem. Por isso, para conquistá-la, a sua oferta tem que ser muito forte.

Para conquistar uma mulher de alto valor, você não pode oferecer para ela mais um contatinho. Ela tem que ser a única – a única na sua vida, a única nos seus planos, a única no seu coração, porque não existe *cash* emocional o suficiente para manter duas pessoas. Muitas pessoas se perguntam:

"Ah, Conselheiro, não dá para amar duas pessoas?"

O amor é um sentimento sofisticado. Mas a carência faz com que muitas pessoas se apaixonem muito rápido e confundam amor com Paixão, aí se apaixonam por duas pessoas e acreditam que amam as duas.

O amor não dá dúvidas; entenda isso. Existem homens que se apaixonam pela amante, e chegam a pensar que amam a mulher e a amante, mas verdade é que, provavelmente, ele não ama nem uma, nem outra; e logo, logo, arrume uma terceira...

Inexplicavelmente, Mariane sorriu!

Era como se o Conselheiro tivesse adivinhado até o que se passava com o seu marido. Mas era algo além: era mais que isso, era uma resposta à pergunta que ela se recusava a fazer todos os dias... "Será que o Edgar ainda me ama?".

E a resposta era óbvia demais para que ela aceitasse sem luta. O comportamento, a postura, a falta de cuidado e o carinho respondiam muito melhor do que qualquer frase era capaz de responder. E, então, ela entendeu que o amor não é uma frase: o amor é uma postura.

Outro ponto extremamente IMPORTANTE é o TEMPO!

Pessoas de Alto Valor custam muito porque seu tempo é precioso. E para se tornar uma mulher de Alto Valor, é preciso ser uma mulher ocupada. Já percebeu que todas as pessoas desinteressantes são desocupadas? Pessoas ocupadas são interessantes porque o seu preço é disputado!

Se ocupe cuidando de si mesma e valorizando o seu Capital!

Você acredita que existem muitas pessoas que queriam ter uma amizade como a sua e nunca vão ter? Sabia que, nesse exato momento, existem homens orando a Deus por uma mulher como você? Enquanto isso, você continua ao lado de um homem que não valoriza quem você é nem o que você faz. E, ainda assim, você não vai embora...

E sabe por que você não vai embora? Porque você não sabe o seu valor. E sabe por que você não sabe o seu valor? Porque muitas de vocês estão no mercado errado. E quando você vale muito, mas está no mercado errado, sempre vão pagar por você menos do que você vale.

Se pegarem uma joia e a levarem para uma loja de bijuteria, as pessoas ali vão pagar R$10,99 por uma pérola. E sabe por quê?

Porque a galera que compra ali não tem a *finesse* de perceber o que é real.

Quem compra ali está acostumado a levar bijuteria, então acha que tudo é igual, que você é comum, e não enxerga o seu valor, e o quanto você é preciosa. Há muitos anos, foi feito um estudo de comportamento e colocaram um pequeno diamante numa loja de bijuteria.

E quando a pessoa estava saindo, ela caía na pegadinha: "Pegadinha! É um diamante de verdade, você reparou?". E de dez pessoas, as dez levariam o diamante como bijuteria sem se dar conta.

Porque quem vai atrás de bijuteria, tradicionalmente, é quem não consegue pagar por um diamante. E sendo mais específico, quem a trata como uma qualquer é quem está acostumado com qualquer uma.

Mariane sabia que não era qualquer uma.

Lembrou que sua Mãe lhe deu esse nome em homenagem a uma amiga que cuidou de cinco filhos sozinhas após a morte do marido, que enfrentou e venceu o câncer e, não por acaso, era sua melhor amiga. Mariane sabia que fora escolhida desde o ventre da sua mãe para algo ESPECIAL, e que era ESPECIAL!

E no meio desses pensamentos, o Conselheiro disparou:

"Tenho uma missão para vocês colocarem em prática."

Quando você toma a decisão de ir para um spa, inconscientemente, você está desenvolvendo Autoinvestimento, e em três níveis:

➡ *Autoinvestimento financeiro:*

"Eu comprei alguma coisa que eu vou usar. E se eu vou usar e vou me sentir melhor, sei que isso é sobre mim, e não sobre o outro!". Há mulheres que se arrumam para homens, e esse primeiro nível é perigoso, e bastará uma crítica ou a indiferença que todo investimento foi perdido.

Outras mulheres se arrumam para outras mulheres, como você já ouviu ou até fez, mas esse segundo nível é raso, pois você não está competindo com ninguém. E a comparação é a mãe da frustração. Porém, há um terceiro grupo de mulheres, o das MULHERES MADURAS!

E essas se arrumam para si próprias, pois essa é a única comparação sólida, saudável e constitutiva: quando você busca ser melhor que sua versão anterior. Esse é o verdadeiro Autoinvestimento financeiro.

→ *Autoinvestimento de tempo!*

"Porque agora eu vou passar algum tempo cuidando só de mim." Imagine um dia inteiro cuidando só de você. Sem cuidar de filho, sem cuidar de sogra, sem cuidar de cachorro, sem cuidar de nora, sem cuidar de ex, sem cuidar de atual, sem cuidar do marido, sem cuidar de nenhuma outra pessoa a não ser você.

Algumas pessoas podem chamar isso de egoísmo, mas elas nunca chegaram ao nível do Autoinvestimento, por isso julgam o que mais precisam e o que menos conseguem fazer.

➡ Autoinvestimento de foco!

Porque você é o centro ali, o seu centro, e não o centro do mundo. Você não está ali por ninguém. Você não está ficando bonita para ficar com alguém. Você está ficando bonita para ficar com você. Quando a mulher volta do salão e se vê no espelho, ela é uma outra mulher.

Pode perceber que toda mulher que chega em casa, chega com um sorrisão – a menos que o cabeleireiro tenha errado o corte. Ela vem com um sorriso lindo, o sorriso de uma Obra Grega que foi restaurada, e que agora está mais bela e mais forte!

Experimentem e tragam o resultado!

Com isso, finalizamos a LIVE DA SEMANA, MM's! Na semana que vem, vou continuar com mais um AUTO e, na próxima, finalizaremos com os dois ÚLTIMOS AUTOS. Vocês são preciosas, e não se esqueçam das joias da sua Coroa! Meninas-Mulheres...

Quando a *live* acabou, Mariane não era a mesma mulher de uma hora atrás:

Parecia que uma chama havia sido acesa dentro dela, e uma nova mulher estava pedindo passagem. Ela queria mais, e sabia que precisava ir até o fim. Então, tomada pela coragem de uma Mulher de Autovalor e Autoestima, enviou um *direct* ao Conselheiro:

DIRECT

Mariane: Conselheiro, eu não te conhecia até uma hora atrás. Estou passando pelo momento mais difícil da minha vida! Digitei "Conselho" no Instagram e não por acaso apareceu o seu perfil, e a sua live, e era exatamente o que eu mais precisava. Quero te agradecer por tanto, e dizer que o seu trabalho muda vidas! 🖤

Mariane: E está mudando a minha. Quero aprender mais, preciso me tornar uma MM! Eu quero a minha Coroa de Volta.

No fundo, ela pensou que o Conselheiro sequer olharia seu *direct*. Mas, para sua surpresa, ela viu em sua tela "visualizou" e, em seguida, o seu coração disparou quando ela leu "DIGITANDO..."

O Conselheiro estava prestes a usar as palavras certas, para mudar para sempre a vida de Mariane.

O Conselheiro: Olá, Mariane. Muito obrigado. Esse é o propósito, um propósito maior que eu inclusive: é uma missão de gerações! Mães curadas educam filhos curados, pois sempre há alguém na família na linha da miséria emocional e, a partir daí, surge uma nova geração, uma geração de autovalor!

O Conselheiro: E você está no caminho correto! E não pense que é empolgação. Nenhuma empolgação mantém uma pessoa por duas horas caso não haja uma conexão, uma verdade, e uma transformação! Saiba que das Joias que caíram da sua coroa, ao menos duas delas já estão em sua mão! 🙏

Nossa... 🔒

Mariane: Eu achei que você nem iria responder! Muito obrigada, mas preciso de um conselho, se você permitir! Como consigo tomar essa decisão e mudar o rumo da minha vida?

O Conselheiro: A decisão não é a parte mais importante. A parte importante é que mulher vai tomar essa decisão, e talvez, se fosse a Mariane de antes da Live, ela poderia tomar a decisão certa, mas teria dificuldades em lidar com as consequências dessa decisão e com o resultado que isso traria para a sua vida, e a vida de sua família. Foque primeiro na mulher que vai tomar a decisão, em vez de focar na decisão que essa mulher precisa tomar.

Mariane: Eu entendo agora...

Mariane: Entendo o porquê tantas vezes eu tentei me posicionar, mudar, reagir e não consegui. Minha mente sempre esteve nublada pela decisão, que eu não percebi que era preciso fortalecer a mulher que faria essas escolhas. E, por último, porque não quero incomodá-lo, como consigo colocar essas duas joias (Autoestima & Autovalor) e me tornar uma MM?

O Conselheiro: Vou te passar uma tarefa, prática e ativa, para que você treine essa Mulher e não perca a essência da Menina que há dentro de você. Há duas barreiras que impedem as mulheres que recebem essas joias de as usarem em sua coroa: a primeira barreira é a falta do senso de merecimento, e o sentimento de que não são dignas, e eu quero que todas as manhãs, ao se olhar no espelho, você diga: "eu sou amada, eu sou forte, e não temo minha fragilidade, eu não sou perfeita, eu sou completa, e MEREÇO A MINHA COROA".

Naquela semana que se passou, Mariane se sentia estranhamente diferente – e ela gostava dessa sensação: era uma sensação de estar cuidando de si mesma –, e sentia que estava no comando das decisões sobre sua vida. Ela nem se lembrava a última vez em que tinha se sentido tão confiante assim.

Ela seguiu os conselhos daquele mascarado e, por todos os dias daquela semana, fez exatamente o que ele falou:

Ela se olhava no espelho e se elogiava.

No começo, ela teve dificuldade, pois não se achava digna de alguns elogios que fazia a si mesma: **LINDA, INTELIGENTE, MARAVILHOSA, GUERREIRA, FORTE, RESILIENTE, MÃE INCRÍVEL, FILHA MARAVILHOSA.**

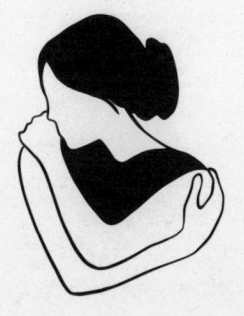

Mas, no terceiro dia, ela já estava bem mais à vontade, se sentia muito mais confiante – a ponto de estar no supermercado e passar por um espelho no corredor de decoração e se ver no reflexo, soltar de forma natural e instintiva "EU TE AMO, VOCÊ VAI CONSEGUIR".

Algumas pessoas que estavam no mesmo corredor viram a cena e não entenderam nada, outras sentiram a energia positiva e sorriram em forma de apoio e torcida.

Chegou o dia de mais uma live.

    Mariane estava ansiosa para ouvir o que mais o Conselheiro tinha para falar naquela noite. Ela estava se sentindo uma aluna exemplar, daquelas que se sentam na primeira fileira e não tiram os olhos dos professores. Ela queria muito saber sobre o que ele iria falar. Ela queria mais uma pedra para sua coroa. Ela queria continuar a se reencontrar com sua essência.

"Boa-noite, MM's...". Colocando a mão no coração, ele disse: "que você tenha sempre a menina na sua essência"; e apontando o dedo indicador para a cabeça, continuou:

"mas que tenha sempre a maturidade e atitudes de uma mulher."

E prosseguiu: "Grandes mulheres são feitas de muitas mulheres. De todas as suas versões passadas, da menina que tinha um coração puro à mulher que conseguiu alcançar a coroa da maturidade! Mulheres de Alto Valor são nobres, carregam uma coroa simbólica de maturidade em suas mentes, 5 Joias de valor em suas testas.

Na semana passada, alcançamos as duas primeiras joias dessa coroa. Hoje, vamos em busca da próxima! A terceira Joia de uma MM está na Confiança – e, para ser mais preciso, na AUTO-CONFIANÇA".

AUTOCONFIANÇA

Autoconfiança é o tanto que você confia em você como uma ponte, o quanto confia em si para não desabar.

Atenção: para os homens, a AUTOCONFIANÇA é o gatilho de ativação e de ferida. Tem homem que tem vergonha de chegar numa mulher. Aí, anos depois, ele tem vergonha de postar foto com essa mesma mulher. Sabe o que que acabou?

A autoconfiança dele. Porque, na autoconfiança dele, ele não confia mais na escolha que fez: e se você é parte da escolha de um homem que a traiu, não se culpe – não é sobre você, é sobre ele.

Quando ele chega ao ponto de pensar: "Caramba, escolhi essa mulher e me arrependi"; acabou a autoconfiança dele. Toda traição, antes de tudo, é uma Autotraição.

Um homem que trai é um homem que não tem autoconfiança.

E sabe por que ele não tem autoconfiança? Porque ele quebra a sua confiança. E para quebrar a sua confiança, ele teve que quebrar a dele primeiro, pois ele prometeu que seria fiel. E aí, como ele não conseguiu ser fiel, ele quebrou a própria promessa.

Então, ele não confia mais em si mesmo.

Nenhum homem que trai confia em si mesmo. "Ah, Conselheiro, mas tem homem que trai e que confia sim, porque ele pensa que ninguém vai descobrir."

Entenda que há uma lei, e essa lei é muito masculina: a maior justificativa que o homem deve dar a alguém, é a ele mesmo. Isso serve, inclusive, para as mulheres. Se você não confia em você, você não confia mais em ninguém.

Autoconfiança é Confiar.

Confiar em você. E, principalmente, confiar no que você veio para fazer. Confiar no seu propósito e na força de executar esse propósito, seja ele ser mãe, empresária, dona de casa, ou astronauta. Confie em você, no seu potencial, e na sua chama.

Quando você perde a Autoconfiança, passa a confiar na opinião dos outros. Responda para si mesma: qual a opinião que os outros têm de você?

O que pensam a seu respeito, o que a fizeram acreditar sobre você?

Muitas mulheres que perderam a joia da Autoconfiança passam a vida debaixo das opiniões de outras mulheres, de uma família tóxica, de seus maridos, e até dos seus fracassos.

Você não é o que os outros pensam, e nem o que eles querem:

Você é quem Você é.

"E acredite, já é uma vitória ser você."

O CONSELHEIRO | O PODER DO CONSELHO

Naquele instante, Mariane estava se lembrando do dia em que cortou seu cabelo porque a mãe do Edgar disse que ela aparentava ser mais velha de cabelo longo. Dona Ana não sabia, mas foi a tesoura de sua língua quem encurtou os cabelos de Mariane – e boa parte de sua autoconfiança.

O cabelo já havia crescido, mas Mariane, ao contrário de Sansão, não recuperou as forças com os fios: na verdade, sequer reparou, até aquele momento. Naquela noite, ela decidiu mudar o corte. E cortar de sua vida todas as pessoas com a língua de navalha.

Na manhã seguinte, Mariane foi até ao salão, mudou a cor, testou o corte, fez as unhas. De maneira intencional, estava adquirindo ali sua joia, como disse o conselheiro.

Ao chegar em casa, Edgar ficou besta:

Ela estava linda – até mais do que quando ele a conheceu.

Como se fosse digno dela, ele a abraçou e disse: "Minha". Mas, sutilmente, Mariane se afastou, pegou sua taça de vinho, apoiou-se na mesa, olhou nos olhos de Edgar, e falou:

– Sua? Realmente, um dia eu fui, mas não agora, e você sabe.

– Como assim? Do que eu sei? O que está falando?

— Ed, eu sei que você está me traindo. Também sei que não é de hoje, e embora eu tenha guardado isso por anos, a partir de hoje, eu não vou mais fingir que não sei, porque eu sei.

— Como assim, tá maluca?

— Maluco foi você, e como está aqui nesse *print*, me traiu com alguém, e traiu ela com outra...

Edgar ficou pálido, ele achou mesmo que não seria pego, mas o mais surpreendente: ele não esperou que essa fosse a reação de sua esposa, depois de anos de casado.

Edgar esperou gritos, ameaças, lágrimas, taças quebradas...

Mas a única taça estava inteira, nas mãos de Mariane, que estava ainda mais inteira após as traições. Ele a encarou, buscou palavras, mas só conseguiu dizer que poderia explicar, e tentando tocar em Mariane, ela se esquivou mais uma vez. E olhando fixamente em seus olhos, prosseguiu com a voz confiante e a cabeça erguida:

– É sobre você, Ed. Não sobre mim. Você perdeu a confiança no homem que foi e, em vez de lutar por ela, você a quebrou, como quebrou a nossa relação, e a nossa família.

Edgar parecia ser cortado por cada palavra.

Era um soldado inimigo em pleno ato de fuzilamento, e não conseguiu conter as balas em forma de palavras que saíam de uma voz de alto calibre. Caiu de joelhos, e como um soldado abatido, sangrou, porém, pelos olhos, em forma de lágrimas, em forma de culpa.

Com Edgar de joelhos, Mariane se abaixou, mas dessa vez não tocou os joelhos no chão – ela estava acima do homem arrependido, que, enfim, estava aos seus pés –, levantou a cabeça de Edgar com os dedos, o encarou de perto e finalizou a conversa:

— Amanhã vamos dar a notícia para os nossos filhos de que não continuaremos mais juntos, e vamos explicar a eles que, às vezes, os casais não permanecem ao lado, porém o respeito deve permanecer, e que eles não devem se culpar por isso. A responsabilidade é toda nossa.

E continuou:

— Eles vão ficar comigo e, na sexta, vou me mudar com eles. Nas suas folgas, você irá visitá-los e será um Pai Confiante, para não perder também a consideração dos seus filhos. E, por último, saiba que eu tentei, e tentei passar por cima disso tudo, mas eu despertei, e percebo que eu era muito maior do que esse lugar que você me deu. Se recuse, e seja feliz. Boa-noite. Esfrie a cabeça no sofá: você dormirá lá hoje.

Ao entrar em seu quarto, o mesmo do começo desta história, aquele com a janela que a convidou para o salto, agora ela estava diferente: em vez de cair, Mariane sentia que podia voar, que havia libertado para sempre uma nova mulher, a mulher que Edgar jamais seria capaz de conquistar, a Mãe de que os filhos iriam se orgulhar, a MM que recuperou mais uma joia em sua coroa e, pela primeira vez, teve coragem de levantar a cabeça.

Logo à noite, ela mandou um *direct* e narrou toda a história para o Conselheiro que, orgulhoso, a parabenizou!

> Parabéns, Mari! 🖤
> Sei que não foi fácil, mas você foi firme, fez o que precisava, o que o seu coração mandou. Foi mulher e não perdeu a pureza! Meus parabéns! 🖤

O Conselheiro

Mariane gostou de ser chamada de Mari, lembrou que era como a chamavam algumas antigas amigas da escola e, dentro da sua pureza, Mariane se permitiu ser mais: ser Mari.

Mariane: O que eu faço agora? Quais serão os próximos autos? Quais serão as joias? Qual é a lição de casa que devo fazer nos próximos dias?

O Conselheiro colocou *emojis* de risada e respondeu:

O Conselheiro: 😂😂 Calma, tudo precisa de um tempo. Sinta e valorize esse sentimento que está agora aí dentro de você, sinta esse orgulho e guarde ele em um lugar em que possa encontrar sempre que precisar.

Mas irei te dar uma lição de casa, sim, e se fizer direitinho, se prepare... mais coisas vão mudar.

Mariane: 😀 ♥ ♥ ♥

Mariane respondeu com *emojis* de feliz e de corações, e aguardava o Conselheiro terminar de digitar a tarefa que iria deixar ela ainda mais confiante.

Tarefa 1:

Reencontrar antigas amizades. Aquelas amizades que você deixou de lado ou se afastou naturalmente depois que começou a se relacionar e se casou. Vá tomar um café ou um vinho com aquela amiga de que gostava tanto e que não vê há anos. Vá dar risadas, relembrar as histórias engraçadas que viveram, vá chorar se quiser, conte sua transformação e tudo o que está aprendendo hoje.

O Conselheiro

Tarefa 2:

Saia para caminhar nos próximos dias, no mínimo 45 minutos de caminhada. Essa caminhada pode ser sozinha ou com essa amiga. Se for sozinha, coloque seu fone de ouvido e escute as músicas que mais ama e que você talvez não tenha escutado há muito tempo. Se for com a amiga, eu sei que vai ter muito assunto. Não se esqueça: todos os dias!

O Conselheiro

Mariane adorou as "lições de casa", e como aluna exemplar que era, fez tudo direitinho nos dias seguintes.

AUTOCONHECIMENTO

"Boa-noite, MM's..." Colocando a mão no coração, ele disse: "que você tenha sempre a menina na sua essência"; e, apontando o dedo indicador para a cabeça, continuou:

"mas que tenha sempre a maturidade e atitudes de uma mulher".

E completou: "Grandes mulheres são feitas de muitas mulheres. De todas as suas versões passadas, da menina que tinha um coração puro à mulher que conseguiu alcançar a coroa da maturidade! Mulheres de Alto Valor são nobres, carregam uma coroa simbólica de maturidade em suas mentes, cinco Joias de valor em suas testas.

Na semana passada, alcançamos mais uma joia dessa coroa. Hoje, vamos em busca das últimas duas".

Conselheiro, o que é Autoconhecimento?

Autoconhecimento é quando consegue acessar todas essas informações sobre você. Quando você consegue entender o que é Autoestima:

"Opa! Conheço o que é Autoestima."

Quando você consegue entender o que é Autovalor:

"Opa! Conheço o que é Autovalor."

Quanto você entende o que é Autoconfiança:

"Opa! Entendi o que é Autoconfiança."

Quando entende que aquilo que faz por você promove, em você, uma recompensa, e, principalmente, que se sente muito melhor porque consegue gerar em si mesma: autoestima, autovalor e autoconfiança.

Quando você tem autoconhecimento, dificilmente aceita menos do que merece, porque conhece o que não merece, e não aceita aquilo. Eu tenho uma frase que sempre digo e que cabe muito bem aqui...

"Melhor do que saber o que você quer da vida, é saber o que você não quer e não aceita mais."

Pois, assim, você já elimina uma grande parte das decisões que tem que tomar, entende? Fica mais fácil.

As mulheres que não têm autoconhecimento não sabem que existe, dentro delas, uma coisa chamada "territórios". Eu sei que a maioria de vocês já se perguntou: "Caraca, essa não sou eu, porque eu não sei o que é 'território'". "Território" é uma linha-base que limita o aceitável e o inaceitável na sua esfera de vida.

"Conselheiro, não aceito traição."

Na linha "traição", existe uma linha fronteira.

Aquele território sem traição pertence a você. O território "traição" não é seu, porque você não concebe, você não pertence àquilo ali, você não aceita. Só que, quando a mulher não tem autoconhecimento, esse território não tem grade.

Então, o território "traição" também é parte do território "aceita": "Ah, ela aceita traição". Aí, com a traição, há desrespeito.

Ela vai lá e aceita desrespeito.

Acompanhada do desrespeito está a mentira, e sabe qual é uma das coisas mais duras de aceitar numa relação? Mentira. E quanta gente aceita mentira aqui? E, às vezes, tem gente que você sabe que está mentindo, só que você não tem nem coragem.

Por quê? Porque você não tem fronteira. E sabe por que que você não tem fronteira? Porque você se perdeu. E você está num território que não é mais seu.

Posso deixar você o dobro chocada agora?

**É muito provável que você esteja
no território de outra pessoa.**

"Ai, Conselheiro. Meu Deus, que pânico."

E no território de outra pessoa, a traição é comum, então você está no território de alguém que acha trair comum, então para ele é comum, então ele vai trair você, porque, para ele, é normal.

E aí você virou estrangeira, porque você não está mais na sua terra, você está na terra do outro. E sabe o que acontece quando você entra na terra do outro?

A segunda fase da falta de autoconhecimento: você é inimigo. E aí, você entende o porquê dos ataques. O porquê da inveja. E aí, você entende o porquê das comparações.

Entenda que, quando você se relaciona com alguém, existe uma fronteira.

E essa fronteira delimita o território entre você e a outra pessoa. Existem duas maneiras de vocês cruzarem essas fronteiras – inclusive, todo continente para cruzar uma fronteira precisa de uma ponte.

"E qual que é a ponte dessa relação, Conselheiro, que cruza essas duas fronteiras?"

A ponte é o aceitável. "Eu aceito entrar por essa ponte". Só que quando alguma coisa pula a cerca – e agora você vai entender o ditado de pular a cerca (pular cerca é invadir) –, e quando alguém invade seu espaço falando palavras ruins, quando alguém invade seu espaço segurando no seu braço, quando alguém invade seu espaço proibindo você de usar aquelas roupas ou falando que você não tem que ter diversos amigos, sabe o que essa pessoa está fazendo com você?

Ela está quebrando sua Cerca.

Ela está invadindo seu território.

E, agora, o território é dela. Há gente que pertence à outra pessoa. Já não são dependentes emocionais: sabe o que são? E agora eu sei que você vai ficar escandalizada: **escravos** emocionais. Porque o dependente emocional usa, volta e sofre.

O escravo emocional continua, ele vai lá, ele permanece, agride, é agredido, e sofre, e chora, e chama a polícia, e tira da polícia... Uma vez, eu estava vendo do carro uns caras brigarem. Um cara estava batendo na mulher.

Aí chegaram dois caras, bateram nele, e quando estavam batendo no cara que estava batendo na mulher, a mulher bateu nos caras que estavam batendo no cara que estava batendo nela. Pois é. A mulher bateu nos caras que tentaram ajudá-la quando ela estava sendo agredida.

Escravos Emocionais.

Escravos não têm direito, não têm terra, não têm autoterritório.

"E como é que eu desenvolvo território, Conselheiro?"

Conhecimento. "E aí, Conselheiro, e agora, que meu território foi invadido? O que que eu faço para sair desse lugar, pelo amor de Deus?!" Sabe o que você faz? Desapega.

Desapegar é deixar o antigo território que pertencia a você para trás e seguir sozinha para conquistar novos territórios, novas terras – terra simboliza vida: alcançar novas vidas.

Existem muitas pessoas que só se encontram depois que perderam território, encontram outras pátrias, outros rumos, outros trabalhos, outras profissões e, para não dizer, outros amores.

Deixar essa terra devastada para trás – e uma fala que a gente escuta muito "meu relacionamento é uma terra devastada". Isso simboliza nitidamente, eu entendo perfeitamente o que essa pessoa tem a dizer.

"É uma terra devastada, Conselheiro."

Eu sei. E o que qualifica essa terra devastada, é que lá você plantou alguma coisa, mas houve uma invasão, perdeu seu território e você teve que partir, mas quando você parte, você não é um andarilho – porque dentro do seu coração tem uma semente, e é com essa semente que você planta uma nova vida.

"Conselheiro, qual é a semente?"

É a fé, MM. Porque a fé é a essência do conhecimento. Eu me conheço a ponto de entender que eu sou limitado e, pelo fato de eu ser limitado, eu preciso de alguma coisa maior, e tendo alguma coisa maior, eu acredito, eu tenho fé – e é por isso que a fé move montanhas.

E não são só as montanhas:

é VOCÊ pelas montanhas.

Autoconhecimento é fundamental porque, sem conhecer, nós ficamos cegos. E só quem já conheceu alguém que não consegue enxergar com os olhos, sabe como é difícil. Tudo tem que ser adaptado, e quando a gente fica cego, tudo tem que ser adaptado: o amor é adaptado – porque há apego, aí você adapta:

"Não é amor e, sim, ciúmes, mas adaptado se torna amor."

"O ciúme é cuidado, é amor." – cuidado, isso é adaptação. A falta de interesse:

É que ele está trabalhando tanto.

- Não, mas ele está jogando *videogame*. Tá *on-line* lá no WhatsApp.

- Não, não. Ele está com as coisas dele.

Então, está adaptando.

Porque, em algum nível, adaptação é barganha, e barganha é um dos pontos do luto pós-perda. No luto pós-perda, existem 5 estágios:

(1) Rejeição, (2) Barganha, (3) Raiva, (4) Depressão e (5) Aceitação.

E aí você está negociando, igual UMA MÃE QUE DÁ UM DOCE PARA A CRIANÇA NÃO FICAR SE JOGANDO NO CHÃO E FAZENDO BIRRA. E aí você passa a barganhar o que é inegociável. Você perdeu a visão, precisa daquilo que é necessário para você.

"Ok, Conselheiro, então como é que eu consigo desenvolver esse autoconhecimento?"

Está preparada para o que eu vou falar para você? "Se você quer conhecer uma pessoa, coma um kg de sal com ela" Alguém conhece esse ditado? E sabe o que significa esse ditado? Não é que você vai comer um kg de sal inteiro, é que para comer um kg de sal você vai levar tempo.

Autoconhecimento leva tempo.

E não só tempo: autoconhecimento envolve relacionamento.

A chave do autoconhecimento, inclusive, é conseguir relacionar-se consigo mesmo, e para relacionar-se consigo – olha que ironia –, você precisa de Autoestima, você precisa de Autovalor, você precisa de Autoconfiança.

Há, inclusive, entre nós, uma MM que atingiu o autoconhecimento nos últimos dias, e me mandou um *direct*, contando que se separou do Marido que a traía há anos!

Essa MM era Mari, e agora Mari Monteiro!

Sem o sobrenome do ex-marido Edgar!

Mari, de abandonada, se tornou exemplo, e em pouco tempo atingiu uma de suas mais importantes camadas. A camada dos 5 Autos.

Para finalizarmos, vamos à conclusão da nossa jornada, última joia da Coroa de uma MM.

Ok, Conselheiro, quando eu atinjo a autoestima, quando eu atinjo o autovalor, quando eu atinjo a autoconfiança e quando eu atinjo o autoconhecimento, o que isso desperta em mim?

O 5º AUTO

AUTOAMOR

Autoamor. Porque o amor é a soma da confiança, do valor, da estima, do cuidado e do conhecimento.

Isso é Amor-próprio.

Por isso que, quando você executa algum desses autos em algum nível, está desenvolvendo amor-próprio. Em algum nível, você está aprendendo a se amar, e ninguém é capaz de parar uma mulher que aprendeu a ser o amor da própria vida.

Se você seguiu algum dos meus conselhos, se buscou encontrar alguma das pedras preciosas, estava demonstrando amor por si mesma.

Quando você se ama o suficiente para preencher seus autos, percebe que esse amor transborda e atinge o que está ao seu redor, assim você também atrai amor.

Existe um trecho bíblico em que Jesus diz:

"Ame o seu próximo como a si mesmo."

Isso mostra e ensina que, antes de querer amar alguém ou querer o amor de alguém, você precisa estimar o melhor para você, se valorizar, ter confiança na mulher que é, conhecer seus poderes, limitações e se amar.

Que hoje você se abrace, e faça por si o seu ato de amor-próprio! Um beijo do Conselheiro.

Nos meses que se seguiram, Mari avançou, abriu um negócio, se tornou empresária, escalou em sua vida, foi a melhor mãe para os seus filhos, que se orgulhavam de a ter como exemplo. E, em um ano, conquistou tudo o que não havia conquistado em sua vida.

E provou, para si e para todos, o que uma mulher é capaz de fazer quando assume o posto de Rainha, e coloca a sua coroa.

A Rainha Mari, agora, tinha um sorriso no rosto, uma coroa na cabeça e uma tatuagem no pulso: M.M.

Para os curiosos, ela dizia que eram as iniciais do seu nome (Mari Monteiro), mas só ela sabia que aquilo era uma cicatriz do dia em que a Mari Monteiro nasceu – aquilo simbolizava uma grande MENINA-MULHER.

FIM

● ● ●

É madrugada de sexta-feira. Edgar não consegue pegar no sono. As crianças dormem longe dali enquanto ele acorda de hora em hora. A sua insônia tem nome, e sobrenome!

Mari Monteiro, o mesmo nome que Edgar leva em sua aliança de ouro que fica ao lado de sua cama e, embora o material seja precioso, há arranhões, gravuras, marcas, cicatrizes, no ouro, na memória, no olhar. O dedo sem ela traz uma palavra: CULPA!

Ele perdeu a mulher da sua vida!

Num ato de desespero, tomou a decisão que mudaria para sempre sua vida! Digitou no seu perfil do Instagram "Conselho". O perfil sugerido era o do CONSELHEIRO. Clicou, viu o último vídeo e enviou um *direct*:

"Me ajuda!"

Será que o conselheiro vai responder?...